うたで描くエポック

大正行進曲

Yasuki Fukushima

福島泰樹歌集

現代短歌社

大正行進曲＊目次

本文挿画　田中恭吉
「暗の笑」（黒インク、水彩　一九一三年）
装訂・造本　間村俊一

大逆の歌

明治四十三年六月一日、幸徳秋水逮捕を機に、大逆罪の容疑で数百人の社会主義者・無政府主義者が検挙される。

翌四十四年一月十八日、大審院は大逆事件被告二十四人に死刑判決。一月二十四日、幸徳秋水、大石誠之助、内山愚童ら十一名が、翌二十五日、管野スガが処刑された。

石川啄木は、最後の力を振り絞ってその真相に迫ろうとする。

号外のベルやかましき停車場に堀口大學その若き友

1

東京監獄女監舎に降る雪の歌いてゆかな「死出の道艸」

管野スガ二十九歳　中庭に白い蕾がただ顫えてた

天に向き淡くひらきていたりしが風に縊られ散ってゆきにき

踏まなければならない階梯ならばよし　鉄窓に零れこよ朝のひかりよ

愴々と吹く風さむき中庭の　女の影に陽は射していよ

あわれあわれあわれ蹶起の風煙か獄窓さむく吹き過ぎてゆく

淫売ニモ紡績女工ニモナラナイデスンダ、寝棺ヲ希ムト調書ハ誌セリ

2

明治四十三年十一月獄中、幸徳秋水『基督抹殺論』脱稿

「さよなら」の一語にこめた憶い出の　千万無量の感慨なるを

幸徳秋水「獄中懷母之詩」を読みて雨中啼かざる鳩を想いき

慈母多治の死を報されしは歳晩の二十九日朝、処刑間近き

明治四十四年一月二十四日、幸徳ら十一人死刑執行

荷車に乗せられてゆく名を問わば祿亭大石誠之助なる

丸太ん棒で担がれてゆく棺桶の　擦過の音のきゅうきゅうと哭く

縊られし者らがたてる音なるか歯軋《はぎしり》なるか闇に消えゆく

灯の闇の向こうに見える明るさの漆黒ふかき夜の太陽

3

幸徳秋水「陳情書」を借り受けし石川啄木二十四歳

あやうく掛け違えたる釦　本郷の弓町に射す冬の光は

「時代閉塞の現状」ならば仕方なく投げし礫《つぶて》の波紋は立たず

短命のこの身のために降りしきる山茶花濡らす血色の雨よ

社に行くか行かぬかあわれ宿酔の仮病かさねて霙となりぬ

東京は朝から雪……、「十二名減刑」の報読みし窓辺に

土岐哀果と初めて言を交わせしは顔の見えない電話口より

尖って崩れゆきしは東海の白砂　あわれ生活のため

4

和歌山縣東牟婁郡新宮町霧降る朝を吹く旋風《つむじかぜ》

「牟婁新報」記者管野スガ二十三　荒畑寒村二十七歳

「平民新聞」小脇に抱え出で行くは少年佐藤春夫でないか

熊野川に舟を泛べて遊びおる逆徒秋水誠之助はや

鳥居という少女顕れ消えてゆくわが漆黒の夢のあとさき

金槌で棺を叩き割られたる内山愚童　僧衣の人よ

5

「十二人とも殺されたね」うん、深川行きの小窓に映る淺草の灯よ

佐藤春夫詩「街上夜曲」（明治四十四年四月「スバル」）

徳冨蘆花は、大逆事件の悲しみを綴った

おのがじし狂い酔いつつ雪に舞う大正元年暮の二十九

壱ノ章

鶏頭の歌

大逆事件を機に、永井荷風は戯作者への転落を決意。「冬の時代」の到来を余所に、北原白秋は人妻松下俊子と逢瀬を重ね、姦通罪で市谷東京監獄に収監。無罪免訴となるも、名声一時に失墜。翌大正二年一月、歌集『桐の花』を東雲堂より刊行。四月、淪落した俊子と再会、五月結婚。三浦三崎に移住。『桐の花』にこの一首がある。

鶏頭の血のしたたれる廐にも秋のあはれの見ゆる汽車みち

鉄格子に日は射しているそしてまた秋は来にけり厳かにまた

1

午飯の箸を取らうとした時ポンと何處かで花火の音がした。　永井荷風「花火」

文学の徒であるならば黙さんを囚人馬車が市谷をゆく

戯作者でいよう与《あずか》り知らぬこと辻々の交番燃えて夜の闇は来る

江戸回顧の夢から醒めて振り向けば浅葱着衣の一隊はゆく

檸檬《シトロン》の実の一削ぎを泛べやるたゆとう午後の哀しみならん

2

明治四十三年九月、北原白秋府下原宿に転居

夕顔のしずかに開きいるようなユメミルヨウな顔をしていた

隣家の人妻松下俊子を知る

息をかけ眼鏡の曇りを拭いていた滴り落ちる涙拭わず

『思ひ出』のやるかたなきを淺草の女に似たる骨牌《カルタ》の王妃

雁皮紙《がんぴし》四六倍版六号組「屋上庭園」詩は志操なり

灰皿に山と積まれた敷島の　嚙み散らかした紅い吸口

東京市内を転々、京橋區越前堀に落ち着く

木挽町飯田河岸新富町越前堀や饐えた風吹く

Venus Bacchus Pan の神々溌剌と気高くあらばわが邪宗門

3

薄色の青いめがねや悩みある鬢のほつれの切なかりけり

姦通罪で告訴され、市谷監獄に拘置される

編笠に手錠嵌められ未決監　囚人馬車の人とはなれり

編笠の隙間に揺れる赤い花 Dahlia にあれば Toshiko にあるか

女への愛慕の情のやるせなく草木山河うたいておるを

監房に青衣を被り俯くは北原白秋ならば蜩《ひぐらし》

啾々と吹き来る風か窓のない囚人馬車がゆきしのみなり

4

大正二年一月、処女歌集『桐の花』東雲堂より刊行

梧桐《あおぎり》のかげにて読めば新聞に降りくる雨か翠《あお》いひかりは

あげつらうものにはあらず涙して誦《とな》えるものぞあわれ抒情詩

五月、俊子と結婚。相州三浦三崎に転居

びろうどの空のふかみや更けゆくなかわたれ白い帆をあげてゆく

縋り付く女は捨てず焼けただれ鞴《たたら》を踏んでいたる日の暮

暗い傷を舐めあっていた泣いていた苦海を生きる女ならねど

相州三浦三崎の春や城ヶ島　泣き濡れている雨の山茶花

城ヶ島に降る雨あわれ女ゆえに罪を犯してさ迷いにけり

夫捨て子を捨てわが身に寄り添いて流れ着きたる父島は春

5

うすぼんやりみえる世界の暗がりに白い服着て佇っていたっけ

万物流転《パンタレイ》の歌

辻潤、教え子伊藤野枝との恋愛事件で上野女学校英語教師の職を失う。大正二年、長男一《まこと》誕生。

四年、野枝「青鞜」編集に専心。五年四月、野枝、大杉榮のもとに走る。

辻、下谷區北稲荷町長屋を「パンタライ社」と称し、淺草を転々。

十一月大杉榮、神近市子に刺され（「葉山日陰茶屋事件」）重傷を負う。

あまつひの光の中に燃えている遙かなれわがヴェルハーレン

1

日の暮はやになりますわ蝙蝠が暗い軒ばを掠めて飛ぶの

辻潤妻伊藤野枝、大杉榮に走る

悲しみのおちゆく先の爪先の　銘仙の裾うらがえし吹く

官能は所詮心の窓である如雨露《じょうろ》で花に水遣ってやる

強熱的その乱反射的表現の　この文無しのアヴァンギャルドの

2

辻潤、下谷區北稲荷町へ転居

ペン先の一本さえも買うことのできぬ窮乏「パンタライ社」はや

嗚呼、こんな女がそばにいたのだと万物流転の切なさなるか

「英語尺八ヴァイオリン教授」看板の主《あるじ》を問わばあわれ辻潤

淺草と下谷のさかい裏長屋　厭世悲観の男住まうを

辻潤をダダイストにしたものは吹きゆく風よ　女にあらず

万物は無であるマックス・スティルネル感極まって翻訳をする

一切は自我、一切は虚無、一切は、パンタレイである唐変木の

女性へのまた自由への妄想の充たされずとも尺八を吹く

根底にあるのは欧風ニヒリズムならず「てやんでえ」浅草っ子なる

3

オペレッタボッカチオやベアトリス姐ちゃんあわれ紡績の歌

現在《いま》という今日を想うに「ゴンドラの唄」を歌いて行き過ぎにけり

女たちの惨状の中、書き殴る自暴自棄なる心情の歌

身も心も蕩けるような快楽をギザ一枚で満たすというのか

人生流浪の幾万の歌うたわんよ淺草六區、霧は渦巻く

民衆は安來節に熱狂

母娘相伝旧くさけれど受け継がれゆくものなくば歌謡滅びよ

佐多稲子いまだ十七桃割の　池之端池畔「清凌亭」の灯よ

4

浅草オペラの誕生は大正六年、常盤座

ハンチング目深く被り俯くはペラゴロ宮澤賢治でないか

「セビリアの理髪師」あわれロッシーニ　ペラゴロ賢治の歌うたいおる

ノルマンジーの若き漁夫を歌いしは田谷力三よ波濤砕けよ

大正生命主義といわんに沈みゆく波間漂う黒い日輪

衣紋を抜いた後姿の　日陰茶屋出でて帰らぬ女もありき

吉井勇作詞であろうことなどは知らず歌いき「ゴンドラの唄」

谷崎潤一郎、浅草

人間らしく血が通ってた形而下的理想主義者よ　白首の歌

肺病の歌

大正二年十月、田中恭吉は喀血。幼い恭吉を残して逝った母も、兄も、同宿人佐野も、画友香山小鳥もみな肺病で夭折した。大正四年十月、郷里和歌山で死去、二十三歳。萩原朔太郎詩集『月に吠える』挿画が最後の仕事となった。

そして、同じく深川の貧しい少年だった伊東一（深水）に誘われ印刷会社の給仕となったことが、關根正二の画業の出発となった。その貧苦と死病の中から、果敢に美しき心情（デカダンス）の花を咲かせた男たち！

大正八年、村山槐多（二十二歳）に次いで正二（二十歳）が逝った。麗しき鮮血の狂い花、バーミリオンをたっぷり塗りたくって死んでいった男たち……。

黒いマントに包んだ骨を先頭に無雲の天のその下をゆく

1

深川の印刷工と擦れ違うかわもに浮かぶ肺病の花

喀血の滴りならず血のような夕日を浴びてぼくの草履は

大正三年五月、田中恭吉またしても喀血……二十二歳

アパートの階段軋ませ粛々と死の宣告人がやってくる

胸の底いで吹く木枯にまいあがる赤い炎の花ならなくに

「恭吉の心を以て……」恩地孝四郎「愚人日記」や春闌けてゆく

さよならを諸兄に告げるために彫る木版ならばいま少し生く

ないわけはないと笑えばないわけはないのと応え立ち去りにけり

十月末、芥川龍之介北豊島郡田端に居宅新築

一行のボードレールに然ざれば田端崖下夕日あかあか

大川は哭いているのか一切を呑み込み夕陽の中に没せり

2

福島縣白河在搦目《からめ》村　華を捧げて女らはゆく

深川猿江裏町界隈悪タレノ伊東一《ハジメ》ハノチノ深水

關根正二、伊東の紹介で東京印刷圖案部給仕となる、十五歳

深川の菊川橋にほどちかい三軒長屋のアトリエに住む

大横川ながれも清き陋巷《ろうこう》の畳「二疊の宮殿」である

悲哀のみが唯一の真理「獄中記」泣きながら読む哭きながら描く

大正七年正二、「姉弟」制作

向日葵やとろとろ燃える野をゆくは赭いおべべを着た姉と僕

バーミリオン赭いおべべは躰《からだ》から滲み溢れた悲しみの色

「信仰の悲しみ」ならばうな垂れて花を捧げて歩いてゆこう

遺作は「慰められつゝ悩む」。まだ二十歳だった

柳行李九箱分のデッサンを焼き滅ぼして五月ゆくべし

電車賃なきゆえしばらく失敬す最後の手紙となりて候

胸に手を置くひと静かに歌うひと合掌をして遠く見るひと

縁側に座っているのはさにあらず真っ赤なおべべを着た子供です

3

芸術が天職ならば血に染まる鶏頭の花、風つよく吹け

大正七年十一月末、村山槐多府下代々木に転居

蜂の巣の肺を抱《いだ》いて淺草のデンキブランや泡盛の花

魂と肉がのたうつ戦場よチューブ絞ればどろどろの俺

生きていれば空が描ける木が描ける水面に浮かぶ俺のおもかげ

雨し吹け　戸板に載せられ運ばれてゆくは「火ダルマ槐多」*でないか

*高村光太郎の命名

「飛行船のものうい光……」喉仏コクリと鳴りて息絶えにけり

大正八年二月二十日、村山槐多二十二歳

電線に引っかかってた黒い布、弔旗となりて春来《きた》るべし

弐ノ章

蒼ざめた馬の歌

早大を中退した古田大次郎は、埼玉縣下に「小作人社」を起こす。大正十一年四月、中濱哲来訪、盟約を結ぶ。中濱、来日中の英皇太子を狙う……。

六月、古田、小作人社を解散。十月、中濱、「ギロチン社」を名告り、同志を集め「リヤク（掠奪）」を開始。

小作人社で古田、中濱と一期の酒を酌み交わした後藤謙太郎は、東京、仙臺、金澤、新發田と反戦ビラを撒き逮捕され、巣鴨刑務所で縊死。各地の監獄を転々とした末の先駆的労働者詩人の死であった。

一方、佐藤春夫は……。

アンナ・パヴロワ「瀕死の白鳥」真似て舞う大杉魔子や六歳の秋

1

米寄こせ娘を返せという声の　佩剣《はいけん》の音の路地を追いゆく

白刃の筆に任せてどこまでも斬り込んでやる大杉榮

古田大次郎、埼玉縣蓮田に「小作人社」を開設

どうにでも造り直せる人間は蓮田に立ちて思うことあり

大次郎中濱哲と合い寄りて誓いし「信《まこと》」徒事《ただごと》ならず

生涯を決するにたる輝ける一筋の糸わがうちにある

2

大正十年十一月東京驛、首相原敬暗殺

中岡良一職業駅員大塚の転轍手《てんてつしゅ》　匕首一突きにせし

中濱哲、鐵とも称した

極東虚無黨總裁中濱鐵デアル名刺差出シ重ネコシ掠奪《リヤク》

カーキ色の脚絆を巻いて堂々と大杉榮の前に立ちにき

御殿場の四月二十六日は朝からの雨　終日を雨

英國皇太子プリンス・オヴ・ウエルス狙撃ならねば五指燃え失せよ

テロリズムの容易ならざる顫動《せんどう》の　霧に阻まれ遠ざかりゆく

船橋海岸に身を隠す

遠浅の海岸なれば泥の海　右手に見える痩せた松の木

掘立小屋よりさらに小さな家の窓　手を振っている再び会わず

鶏頭の花はたおれて吹きすぎてゆく風、巡邏の遠ざかりゆく

3

佐藤春夫は……

妻に背かれた男と夫に捨てられた女がありて酸橘《すだち》絞らば

谷崎潤一郎のその妻ありて男ありて秋刀魚を喰らうあわれ秋風

その女《ひと》はさすらい人にはあらねども秋風まとう薄きその袖

行李に白き手をさしのべぬ秋風に吹かれて淳《あつ》き衣縫うため

絹裂けば千々に切なき縫いゆけば涙あふれて針みうしなう

監獄を転々とした放浪詩人・後藤謙太郎

「労働」と「監獄」の間の切なきを無宿渡世の生業ならず

だるま小坊師のように転んで起き上がる雪降る夜のセンチメンタル

雪の上に零れて滲む提灯のあかりであらば包囲されたり

反軍のビラ撒きしのみに鉄格子　腰紐あわれ風に吹かれき

4

逃れゆくアジトあらねば脱ぎ捨てしルパーシカ、「蒼ざめた馬」走り来よ

白屋《はくおく》襤褸《らんる》の歌

忘れられない人々がいる。

渡邊政太郎は、社会主義の先導者として妻やよと窮乏に耐えながら研究会を続行、若い活動家を育成した。葬儀には、在京の同志の多くが参加、和田久太郎が翳す赤旗を先頭に、「革命歌」を歌いながら火葬場へ向かった。「小父さん」の愛称、まだ四十四歳であった。

久板卯之助はトルストイ、内村鑑三に傾倒、京都平安教会で受洗。上京後、労働者街に大杉榮と寝起き「勞働新聞」を創刊。渡邊没後の「北風會」に参加。「キリスト」の愛称で慕われる。生涯を無所有に徹し、純潔を通した。大正十一年一月、雪の天城山中猫越峠で凍死、四十三歳。

昂然と顔つき上げて立っていた赤旗風に震えいる午後

1

幾春別炭鉱の春　幾百の辛い別れの残雪溶けず

兇徒聚衆罪で入獄それからは空吹く風となりて候

「叛」の字を額に刻みなど書くないずれカインの末裔ならず

革命歌声高らかに疾駆する監車といえど大杉榮

2

渡邊政太郎、麻布の貧民街に移る

麻布霞町細民街の一郭の借家であれど赤い灯ともす

赤羽巖穴《がんけつ》、千葉監獄で絶食死

鉄縁の眼鏡外され覗きたる眼窩《がんか》おぐらき洞をなせり

頬は削げ眼窩窪みてさながらに髑髏となりて巖穴は死す

身体は痩せ衰えて一枚の板となれりヒトガタの板

3

大正七年五月、渡邊政太郎逝く

南天堂古書店二階　手作りの机の他になにも莫《な》かりき

一銭床屋ヨカヨカ飴屋車夫人夫この世の垢に塗《まみ》れ来たれり

その印象を近藤憲二は……

牢獄人の風体をしてあらわれし渡邊政太郎、先導者なるを

前歯欠け頭髪鬚は伸び放題　袴は数千《ちぢ》に蜘蛛の巣のごと

微笑みはあまりに優しく痩せたほほ慈愛に満ちた眼差である

政太郎葬送、和田久太郎が先頭をゆく

赤旗を物干竿に括りつけ先頭をゆく　棺桶がゆく

物干しの先に結んだいさおしの白屋襤褸の赤旗の歌

〽起てよ白屋襤褸の兒　醒めよ市井の貧窮兒　（革命歌）

三河島火葬場までを革命歌うたいてゆけば涙溢れき

眦《まなじり》を決せよ女工よ機杼《きひ》をもて坑夫は斧を振り上げて起て

4

画を描くは生活《たつき》のためかさにあらず崩れて堕ちてゆく花のため

久板卯之助、渾名はキリスト

美事になにも所有せざりき座布団と焜炉あるのみ凩の夜も

純潔をつらぬきたるは主義のためにはあらざるよ彼花《あやつ》のためよ

雪吹雪く天城猫越峠越え凍死せし人「キリスト」ならず

鉄縁《てっぷち》の眼鏡の裏を埋《うず》めゆく雪なり最後に眺めしものも

鉄縁のレンズも凍り身も氷り天城山中雪原に果つ

コレガワタシノゼンザイサンデアル雪ノ上ニ投ゲ棄テラレタ合切袋

画布を抱き雪に面伏せ死んでいた革命流転の夢の数々

古洋服の内ポケットに畳まれて浅草歌劇プログラムはも

和田久太郎は自らの死を……

俺の時には一人静かに笑ってくれ三河島は雨、さなきだに雨

5

切なさや春駘蕩の花さえも白屋襤褸のわが身に咲かず

ビール樽の歌

あかい夕日のてる坂で
やるせないぞへ、らつぱぶし。
笛が泣くのか、あやつりか、　なにかわかねど、　ひとすぢに
絲に吊《つ》られて、音《ね》につれて、
手足顫はせのぼりゆく戯《おど》け人形のひとをどり。

北原白秋「みなし兒」

崩れゆく牡丹のために歌わんを石井柏亭微笑んでいよ

1

銀座日吉町「カフェー・プランタン」

河上肇「貧乏物語」の弱点を詰《なじ》りて赤いグラスの酒か

みんなもう呆れ果ててた笑ってたロイド眼鏡や　白いエプロン

拳闘倶楽部の窓の向こうを着流しの　村木源次郎でないか風吹け

ポオランド亡命者ポレッツキイと並んで撮った一葉である

無造作に植え付けられた髪の毛や睫毛が笑うショーウィンドー

2

大正九年、麻布市兵衛町に「偏奇館」建つ

ああそしてしょうがないから悄々と白いペンキを塗っているのだ

「精神的廢人」と書く刷毛《はけ》濡らし白いペンキを塗りたくるため

「猟奇的ですぜ。檀那……」の声を背に荷風散人立ち去にけり

結いたての島田の髪の生え際の　浴衣の裾に飛沫く雨脚

白玉の氷を匙で突き崩すあわれ夏の日　雲ひとつ浮く

偏奇館主人あらわれ消えてゆくこうもり傘を突く影残る

3

シベリア出兵西南戦争田原坂戦傷廃兵集いし午後を

早大軍研反対学生大会

「勲章から流れいずるは人民の血！」浅沼稲次郎若きリーダー

大正十一年九月、萩原恭次郎上京

コロロホルムを御飯にかけてナンセンス遊びをしよう夢の御代わり

この俺は誰かと問えば泣きはらした目のように散る白い花びら

詩を書くは条理にあらず青い空へ剥製の鳩放ちやるため

みちばたの柘榴の皮はこの俺を嘲笑うための真赤な舌か

ぼんやりとした不安をかくし笑いつつわが脳膜を過ぎし人々

頭蓋骨の割れ目を走りゆくものを目で追っていた帝都、いま朝

4

詩を書くは生活《たつき》のためかさにあらず崩れて堕ちてゆく花のため

監房で縊死した者の数知れず赤い睫や散る曼珠沙華

柿色の獄衣はいれず　兵児帯や褌まるめ包みおりしに

とめてもとまらぬものならば／転がせ転がせビール樽

セメント樽のような棺に座らされ転がってゆく夕陽の坂を

黄昏の迫る雪空　火葬場へ橇で挽かれてゆきにしひとり

本郷區駒込片町吹く風の「エアーシップ」の空缶いずこ

洗い晒《さらし》のどてら羽織って立っていた本郷曙町の昼過ぎ

5

胸に滲む血は美しきゆえ銃殺を希むと告げて若き面あぐ

古田大次郎享年いまだ二十六　菊花道連れならず吊られき

参ノ章

一銭五厘の歌

吾妻橋
渡り疲れて
一二杯
神谷バー
今日の出面《でづら》も
吹つ飛んだ

中濱哲（「勞働運動」一九二五年十一月一日號）

小夜曲《セレナーデ》夢二歌えば大川の　一銭蒸気煙《けむ》あげてゆく

1

大正二年、白秋『東京景物詩及その他』東雲堂より刊行

洗い髪お妻は笑みて去りにけり覗眼鏡の闇のからくり

人形屋の角を曲がれば桃色の足くびありて日は射していた

腹の足しにもならぬことばを書き散らし憂身やつすを詩人というや

牡丹雪降る明け方を素裸足のシジミ売り立ついまだ幼き

紡績女工……

髪も睫も耳たぶさえも真っ白なわた埃とぶままにまかせて

まるでもう鳥追い女の画のように裾を端折って俯いていた

2

母道江、浅草花川戸に生まれる

大正六年五月三日は晴天にして川っぷち　路地に陽は射す

つややかに咲き盛ってる柘榴の朱《あか》は不吉な色と思いき

首縊《くびくく》り首縊りとぞ震えおる松井須磨子やあわれカチューシャ

「カチユシヤの唄」は歌わず後追いの鴨居に揺れるあわれ帯じめ

日の射さぬ家のまわりをさわ立って真冬の風が吹き荒れていた

大正八年金子光晴、詩集『赤土の家』を自費出版

アラビアの隊商となり野垂れ死ぬことを思いき春まだ浅き

ひそやかないのちのながれ人間の内奥ふかき遣り水ならん

若さとは未熟なものかひそやかに揺らめいている焔がみえぬ

薔薇色の雪、　桃色の羞恥でもあらざるよ錯綜として現れよ美は

ゆくだろう俺もやがては上海の黄丁字の花こぼれ敷く頃

3

ダリアよダリア、誰のものなる溺愛の血よりも黒く死んでいる花

大正十二年七月光晴、詩集『こがね蟲』を新潮社から刊行

硝子壜の中に震える漣や　涙であれば熱き滴り

心情の駘蕩驕慢、　美しき疾患なるにわがこがね虫

『こがね蟲』の夢は九月一日、震災で断たれた

合切袋に収めきれない悲しみの立ち枯れてゆく夢の数々

焼けトタンに体は裂かれ脳漿の飛び散るさまを見よというのか

しめっぽい零落の風がしのび寄り震災以後のこの俺となる

大正も終りに近い日本の箍《たが》の弛んだ酒樽である

4

顔腫らし立っているのは新兵か　一銭五厘のそよ吹く風か

パナマ帽の歌

しげちやん。

待つてゐた君からの手紙が夕べ着いて、嬉しく、繰り返し繰り返し讀んだ。今日は、いよいよお別れの手紙を書き送る。……

萬年筆、その他の一切のものを今日宅下げする。……

體は安心してくれ給へ。何ヶに、元氣で生きてゐるよ。命懸けで打つ放すピストルの彈が空つぽだといふことを知らなかつた程の呆け者だ。こんな抜け作は、案外長生きするものさ。

曇つてゐたのが、とう〳〵雨になつてしまつた。軒下で鳩が鳴く。

（大正十三年九月十七日　中村しげ子宛　和田久太郎　於市谷刑務所未決監）

黑須娘馬術團去り　天幕は湯灌の波のごときしずけさ

1

捨てられて箍《たが》を外した竹箒《たかぼうき》　赤貧洗う日々を思えば

和田久太郎、自殺を決意し土佐に渡った

放埒の果てに賜いし麻疾の　日車の花死なずに帰る

明石出身であるゆえさむく「蛸」と呼ばれ乞食の群れの中に居住す

逆徒幸徳秋水編みし兆民を読みしばかりに主義者となれり

車夫坑夫仲介野師売文社　堺利彦わが前に立つ

たとえ身は人夫風情になろうとも「縊り残され花に舞ふ」*とも

*「春三月縊り残され花に舞ふ」大杉榮

2

白襯衣《シャツ》に紺の腹掛　鳥打の帽子被って働きにゆく

和田久太郎、渾名は「ズボ久」

刷り立てのビラを匿して小石川駕籠町あわれ風吹きやまぬ

新聞配達人力車夫で扱《しご》きたる両脚なれば尻まくりゆく

南京虫の喰らい滓とうほざきたる落暉狂いて堕ちる鉄窓

大正十二年二月、那須湯治場で十二階下の女と出会う……

わがために涙を流してくれたのは淫売堀口直江にやある

淺草千束十二階下　女売る灯りみだれて霧降る夜も

女市場にふみこみいでし悲しみの肉の匂いの消しがたく立つ

捨鉢的反抗心も伝法も苦海に咲いた花ゆえ愛し

瘡毒《そうどく》で死んだ女への純情を歌で綴れば涙雨の夜か

3

カーキ色のゲートルを巻き詰襟の黒装束は中濱哲か

ギロチン社、戸塚町源兵衛を引き払う

洗い晒しの浴衣の裾よ退くな若い命がつッ立っていた

懐中はいつも風吹き荒れていた半銭銅貨のちりりんと鳴る

紡績の笛が漂う北千住土手の真下の荒屋《あばらや》である

大正十二年九月、府下淀橋町柏木

黒塗りの乳母車を挽いていたわが子よ　大杉榮九月九日

拳闘倶楽部の硝子の窓に映りしは敵《かたき》を打つと起ちし男ら

懐に拳銃、女ものの手提には爆弾と匕首

角刈の頭に載せたパナマ帽　久さんがゆく絽の羽織着て

和田久太郎、俳号は「酔蜂」

戒厳司令官陸軍大将福田某撃ち損じたりすんでの蜂か

古田大次郎と二人、瀕死の村木源次郎を送る

両眼《りょうめ》拳固で擦って涙滴《したた》らす市谷監獄つらい訣れを

4

大正十四年九月、和田久太郎秋田刑務所へ移送

鉄格子にほそ紐をかけ死んでゆく無為と虚無との絶望ならず

「傷つき倒れる者の病院になつてくれ」その遺された語録めくれば

もろもろの悩みも消ゆる雪の風　久太郎

自死寸前までも推敲かさねたる辞世にあらばおろそかならず

一人は虐殺、一人は刑死そしてまた一人は首を縊《わな》きて死せり

大八車の歌

マコよ獨りで泣くのはおよし、
僕も一緒に泣かしておくれ、
パパに好く似た大きなお目に、
露を宿して歔欷く時は、
僕も一緒に泣かしておくれ、

パパとママとが歸らぬ事を、
僕が寢床で話したをりも、
マコよ、お前は頷くばかり、
涙見せない可憐いさまに、
僕は腸絶つ思ひ。

…………

マコよ獨りで泣くのはおよし、
小さなお胸に大きな惱み、
祕めて憂ひの子にならぬよう、
僕も一緒に泣かしておくれ。

村木源次郎

大正十二年師走十六　空蒼く霞む涙の旗はためくを

1

耶蘇坊主山村暮鳥朔太郎犀星人形詩社まだあけやらず

「詐欺更紗」「傷害雲雀」「ちゆりつぷ」「姦淫林檎」のような夕焼

北原白秋に「裸の蠟燭」と譬えられ燃えず蕩けて崩れゆきにき

乳暈の桜のようないろあいにしばし遊んでおりし日の暮

うすぼんやりと観える世界に佇めば黒い眼鏡に雲流れゆく

2

ぎらりっと眼鏡ひからせ振り返る坊主頭は村山槐多

添田啞蟬坊

「赤い艶歌師」総元締めと謳われし淺草六區《えんこ》響動《とよ》もす民衆の歌

敷島の吸口あわれ噛みちらし出でてゆきにき霧降る真夜を

「雲と勞働者と煙突の詩人」　小川未明

煙突の上で逆立ちする人夫　其のやけくそのの夕焼の雲

神州義團團長朝日平吾テウ奸商刺殺、首突キ果テシ

黙々ノ裡ニ刺セ突ケ斬レ放テ同志用ナシ　結束不要

くさむらに朝日は射していたりけり風に吹かれているきんぽうげ

3

その友の妻とその娘《こ》と男ありて青き蜜柑の酸《す》を滴らす

大正十二年九月一日、丸ビルで給仕をしていた

リヤカーに積み重なって呻く人　血を滴らせ運ばれゆきぬ

九月一日坪野哲久十七の　瞳に映る虐殺の色

橘宗一　いまだ六歳　憲兵隊本部の庭に絶えし蜩《ひぐらし》

大逆罪震災虐殺白色の　巨悪のテロルは常裁かれず

大正十二年十月八日、第一回軍法会議

逆徒大杉榮屠りし甘粕正彦は天晴れ国家に殉じし者よ

「國法」よりも「國家」が重い其の故に甘粕美事と言い放ちけり

船橋海軍無線送信所発信ノ「フテイ鮮人ライシュウ」ノ報

テロリストの烙印を押す前に問え大逆事件、鮮人の意味

女らのいとけなきかな奔放に生きしは井戸に投げ棄てられき

裁判を暴け国家を、絞殺を命じし者らは猛く眠るを

4

大杉榮、伊藤野枝、橘宗一の遺体を引き取る

石膏で固められたうえ包帯でぐるぐる巻きにされて遺体は

どこを刺しても滲み出る血は大杉の臭いしかないアナーキストの

大杉榮の遺髪を抜いて懐に誓いしからに枉《まげ》げてはならぬ

病身に微笑を浮かべ悠々と村木源次郎という男は
おだやかな死に顔ただだに羨望の感にたえぬと書き連ねたり

村木源次郎市谷刑務所で臨終

庭の朝顔まだうらぶれて咲いていた敗軍なれば兵を語らず

さようなら縛られてゆく棺桶の　大八車の遠ざかりゆく

四ノ章

髑髏の歌<ruby>されこうべ</ruby>

はらわたのやうにくつくつ煮え返る
魂ども。

どこかでしくしくと
欷歔《すすりな》いてゐる
亡者ども。

やつらは、うしなつたおのれの骸《むくろ》をもとめてゐるのだ。

金子光晴「冥府吟」

「この際だから」赦されるのだ鳶、鴉「流言蜚語」の血の匂いする

1

さわやかな風吹く午後を駆けてゆく朴烈なにもしていないよう

大正十一年十月、中濱哲は……

深川の落魄無残の寄場ゆえぼろきれあらば頬被りする

こころよく湧く涙あれ　あたたかく頬を零れてゆく涙あれ

母が居て妹が居て俺が居た頭蓋の底を陽は昇りゆく

追憶は追憶を生み追憶を、然して新たな悔恨を生む

窮乏の歴史を負いて生きてきた砂金よ指の間より零れよ

悲しみの封緘を切る音だろう春を悲しむ音かもしれぬ

結局は縊られてゆく男らの戸塚源兵衛「ギロチン社」はや

2

大正十二年四月、凱旋帰国

ロンドンでデビューを飾り帰国するわが母いずこ藤原義江

オーデコロンアコーディオンや楽屋裏ヘチマコロンの韻《ひびき》やゆかし

初恋ノ味ハ即チ真善美カルピスムネニ微笑ムナオンナ

林芙美子十九歳、辛い半生を思う

故郷《ふるさと》を問えば穴門郡《あなとごおり》下關、生れし後《のち》は流れ流れて
人間《じんかん》到る処に青山あらず木賃宿、行商人の母そして父

硝子玉の指輪かざせば遠《おん》賀《が》川《がわ》夕陽が沈む炭鉱の町

露天商派出婦女工賄い婦どん底を這い十代は過ぐ

遠賀川渡り隧道《あなみち》炭坑のラッパ長屋や餡パンを売る

苜蓿《うまごやし》にも白い可憐な花は咲くわが身切なく思う日の暮

六月九日、有島武郎情死行

ぼくを誘惑しにくるよ美貌の婦人記者　友への手紙はれやかならず

篠突く雨の中を寄り添い歩みゆく死出の旅路の輕井澤まで

腐乱して垂れ下がってる揺れている牡丹の花と謳われし女《ひと》

ぽたぽたと白い雨降る変わり果て牡丹の花や髑髏となりし

3

有島邸を訪ねて金をせびりけり幾ばくもなく死にゆく人から

大正十二年九月五日

自警団の溜まりの中から湧き上がる「妖しい夫婦者だ、こいつら……」

平林たい子、市谷刑務所に留置される

蝙蝠のようにはりつく黒い服　壁の中へと消えゆきにけり

東京を離れることの条件の出牢あわれ着た切り雀

なりゆきは先刻承知のうえなれど男に従いてゆくほかはなし

下關波止場に立てば蕭々と雨降る釜山に発ちてゆきたし

4

天井裏から覗く世界のからくりの大江春泥「陰獣」の歌

跋

そうだ、私の中で「記憶」が確かな手触りとして芽吹き始めたのは、被災直後の陸前浜街道を走り、大地震の、津波の惨状を目の当たりにした時であった。空地に積まれた水浸しの瓦礫の山に、幼年時代の焼跡の風景が広がっていったのである。焼跡の記憶は、中学生の父が死に損ない、幼い母が炎に追われ迷子になった「関東大震災」を呼び起こし、在郷軍人、自警団らによる朝鮮人虐殺という暗い記憶を炙り出し、さらには父が生まれた明治四十三年「大逆事件」に遡り、石川啄木を親しくさせるのである。

戦争の傷跡残る幼少年期、私の廻りにいた叔父も叔母も、近隣の大人たちの、多くは大正生れの人達だった。大人同士の話を聞きながら育った私には、関東大震災も東京大空襲も同じ地平の、すぐ側にあった。昨秋、刊行した第三十歌集『下谷風煙録』(「下谷」とは東京下町の一地域の冠称で、都制が布かれる少し前、「東京市下谷區」に、最後の東京市民として誕生した、というのが私のささやかなステータスである)序に、私はこう記した。

「慶応三年生まれの祖父も、明治十五年生れの祖母も、明治四十三年生まれの父も、大正六年生まれの母も、大正四年生まれの継母も皆、下谷で死んでいった。この間、日清戦争、日露戦争、大逆事件、関東大震災、大東亜戦争、東京大空襲と時代の風は吹き荒れ」ていった。歴史とは、それを意識する人々の中に、常に現在形として在り続ける。それが、一人称詩型にこだわり、歌を創り続けてきた私の実感である。

総合短歌雑誌「現代短歌」に、本歌集の標題となった「うたで描くエポック　大正行進曲」三十首連載が始まったのは、一昨平成二十八年晩春。連載の切っ掛けは「現代短歌」五月号に送った短歌作品「田中恭吉伝　一」。タイトルに「一」と標したことが、連載の呼び水となったのであろう。

＊

霧の彼方へ渦巻きやがて消えてゆく紅《くれない》さむきトルコ帽はや

田中恭吉は、夭折した版画家。村山槐多、関根正二とともに心曳かれてきた大正期の画家だ。三人ともに二十歳そこそこの若さで肺病、すなわち肺結核で歿している。三人ともに迫り来る死をあざ笑うように、その生命《いのち》の燃え尽きる、その限界までも画き続けた。

大杉栄をテーマにした講演の依頼を受けたのもその頃であった。依頼主は、新潟県新発田市を拠点に活動する「大杉栄の会」主宰の斎藤徹夫氏。新発田は、軍人の子大杉が多感な幼年期を過ごしたところである。

依頼状には、大杉が虐殺された「九月十六日」を期して毎年、「大杉栄メモリアル――映像と言葉で日本の近現代史をふりかえる」と題する催しを続けてきたとある。八月になって、パル出版から完結したばかりの『大杉栄全集』（全十二巻＋別巻）が届く。「大杉栄の会」から講演料代わりに贈られてきたものだ。斎藤徹夫、なんとも粋な計らいをする男ではないか。

だが、はたと思った。なぜに私に講演のお鉢が回ってきたのだろうと。第一私は、これまで一度たりとも大杉栄を論究したことはない。……ならば、そう歌ではあった。平成十四年秋刊行の書下ろし歌集『デカダン村山槐多』は、「大杉栄に」の詞書をもって始まる。

「春三月縊り殘され」リンネルの背広姿に黒い花散る

大杉栄畢生の一句、「春三月縊り殘され花に舞ふ」を引いている。この句に出会ったのは、昭和四十五年春。いや、この時代を語るには元号は相応しくはない。一九七〇年春、吉田喜重監督の映画作品「エロス＋虐殺」の白黒シネマスコープの画面においてであった。現代映画社制作のこの作品を私は、新宿伊勢丹の斜め向かいにあった「アートシアター新宿文化」で観ている。細川俊之演じる大杉栄には、迫真のリアリティーがあった。伊藤野枝役の岡田茉莉子と黒い池畔を歩く二人に、満開の桜が豪奢に吹雪いていた。

学生作家の立松和平が、私の勤務先のある大塚を訪ねて来たのもその頃のことである。前年秋刊行した私の処女歌集『バリケード・一九六六年二月』を立松は、第二次早大闘争のバリケードの中で読み、感動したという。立松は、「早稲田文学」の学生編集号を企画、私に原稿の依頼に来たのであった。数日を経て私は、処女歌集以後の作品七十首ばかりを纏めて立松に渡した。中に「二月三月四月の桜」なる一連がある。

野枝さんよ虐殺エロス脚細く光りて冬の螺旋階段
しなやかな華奢なあなたの胸乳の闇の桜が散らずにあえぐ
愛と死のアンビヴァレンツ落下する花　恥じらいのヘルメット脱ぐ
くやしみの桜散りつつ血煙《ちけぶり》を描きし眼《まなこ》ふたたび閉じよ

「エロス＋虐殺」に反応したのであろう。
一九六〇年代後半の激しい政治的嵐が一気に吹き荒れ、熄んで迎えた一九七〇年代のしらけきった政治的状況の幕開けを私は、「野枝さん」への、なかんずく虐殺された大杉栄らへの呼びかけを通して、せめて激しく、エロスの炎を燃え熾こそうとしていたのであった。

「うたで描くエポック　大正行進曲」の端緒であった。

*

「エロス＋虐殺」……。あれからさえも五十年ちかい歳月が過ぎ去ろうとしている。この十年来、百年という歳月が実感として分かるようになってきた。なんだ、ついこの間のことではないか。なんら躊躇わず現在形で書くことが可能となってきたのだ。存在と時間が織り成す魂のリアリズムといおう。

思えばこの二年数ヶ月を私は、大正という圧政の冬の時代を激しく抗い、活き活きとして闊歩する先駆的庶民、画人、文人、芸人、アナーキスト、男や女たちに、歌を作るという行為をもって向き合ってきた。一首をなすことによって、おのれの生を倍加するほどのエネルギーを得た瞬間もあった。「生の拡充」（大杉栄）といおう。それとは逆に取材の旅すがら、作れずにたたらを踏んだ時もあった。とまれ今日も、彼らの言葉たばしる陋巷を、はた彼らが結んだ夢の荒野を朗らかに行進してゆこう。

開板にあたり、現代短歌社代表真野少氏に深甚の御礼を表する。氏が、前社長道具武志氏と共に短歌連載の企画をもって来られたのは一昨年の四月、一ツ橋如水会館『追憶の風景』（晶文社）出版記念会の控室であった。時を経ずして連載はスタートした。「うたで描くエポック」は、氏の命名である。すべてを言い現わしているその言語感覚に驚嘆した。編集部濱松洋幸氏にも御世話になった。懇切な校正あっての連載である。前歌集『下谷風煙録』に引続き装幀家間村俊一氏のお手を煩わした。思えば「季刊　月光」創刊以来、三十有余年の付合いである。この間、歌集だけでも十七冊、評論集、ＣＤなど併せれば五十点に及ぶ。

　連載開始から二年余り、友人たちが相次いで他界していった。飯田義一、松平修文、賀村順治、木暮祐二、千賀ゆう子……。皆かけがえのない、この時代を共に生きた同志たちであった。死の獄舎にあって詩人中浜哲は、こう抒《しる》した。「追憶は追憶を産み育み／追憶は又新しく追憶を生む！」。私もまた更に、追憶を激しくしてゆくこととしよう。

平成三十年十月十五日　下谷無聊庵にて

福島泰樹

作品中の地名、人名、書名、引用等には旧字を用いた。

福島泰樹　歌集一覧

歌集

『バリケード・一九六六年二月』　一九六九年十月　新星書房
『エチカ・一九六九年以降』　一九七二年十月　構造社
『晩秋挽歌』　一九七四年十一月　茱萸叢書　草風社
『転調哀傷歌』　一九七六年四月　国文社
『風に献ず』　一九七六年七月　国文社
『退嬰的恋歌に寄せて』　一九七八年三月　沖積舎
『夕暮』　一九八一年九月　砂子屋書房
『中也断唱』　一九八三年十二月　思潮社
『望郷』　一九八四年六月　思潮社
『月光』　一九八四年十一月　雁書館
『妖精伝』　一九八六年七月　砂子屋書房
『続　中也断唱［坊や］』　一九八六年十月　思潮社
『柘榴盃の歌』　一九八八年十一月　思潮社

福島泰樹　歌集一覧

『蒼天　美空ひばり』	一九八九年十月	デンバー・プランニング
『無頼の墓』	一九八九年十一月	筑摩書房
『さらばわが友』	一九九〇年十二月	思潮社
『愛しき山河よ』	一九九四年三月	山と渓谷社
『黒時雨の歌』	一九九五年二月	洋々社
『賢治幻想』	一九九六年十一月	洋々社
『茫漠山日誌』	一九九九年六月	洋々社
『朔太郎、感傷』	二〇〇〇年六月	河出書房新社
『デカダン村山槐多』	二〇〇二年十一月	鳥影社
『月光忘語録』	二〇〇四年十二月	砂子屋書房
『青天』	二〇〇五年十一月	思潮社
『無聊庵日誌』	二〇〇八年十一月	角川書店
『血と雨の歌』	二〇一一年十二月	思潮社
『焼跡ノ歌』	二〇一三年十一月	砂子屋書房
『空襲ノ歌』	二〇一五年十二月	砂子屋書房
『哀悼』	二〇一六年十月	皓星社

『下谷風煙録』　二〇一七年十月　皓星社
『うたで描くエポック　大正行進曲』　二〇一八年十一月　現代短歌社

全歌集

『遙かなる朋へ』　一九七九年五月　沖積舎
『福島泰樹全歌集』　一九九九年六月　河出書房新社

選歌集

現代歌人文庫『福島泰樹歌集』　一九八〇年六月　国文社
現代歌人文庫『続　福島泰樹歌集』　二〇〇〇年十月　国文社

定本・完本歌集

『定本　バリケード・一九六六年二月』　一九七八年十一月　草風社
『完本　中也断唱』　二〇一〇年二月　思潮社

アンソロジー

『絶叫、福島泰樹總集篇』　一九九一年二月　阿部出版

福島泰樹（ふくしまやすき）

一九四三年三月、東京市下谷區に最後の東京市民として生まれる。早稲田大学文学部卒。一九六九年秋、歌集『バリケード・一九六六年二月』でデビュー、「短歌絶叫コンサート」を創出、朗読ブームの火付け役を果たす。以後、世界各地で朗読。全国千五百ステージをこなす。単行歌集三十一冊の他、『福島泰樹歌集』（国文社）、『福島泰樹全歌集』（河出書房新社）、『完本　中也断唱』（思潮社）、評論集『追憶の風景』（晶文社）、『日蓮紀行』（大法輪閣）、DVD『福島泰樹短歌絶叫コンサート総集編　遙かなる友へ』（クエスト）、CD『短歌絶叫　遙かなる朋へ』（人間社）など著作多数。毎月十日、東京吉祥寺「曼荼羅」での月例短歌絶叫コンサートも三十四年目を迎える。

歌集　大正行進曲《うたで描くエポック》

発行日　二〇一八年十一月三十日
著　者　福島泰樹
発行者　真野　少
発　行　現代短歌社
〒一七一―〇〇三一
東京都豊島区目白二―八―二
電話　〇三―六九〇三―一四〇〇
発　売　三本木書院
〒六〇二―〇八六二
京都市上京区河原町通丸太町上る
出水町二八四
印　刷　日本ハイコム
製　本　新里製本所

ISBN978-4-86534-244-4 C0092 ¥3000E

gift10叢書 第14篇
この本の売上の10％は
全国コミュニティ財団協会を通じ、
明日のよりよい社会のために
役立てられます